KB054687

게토의 색

알리네 삭스 글
카릴 스첼레츠키 그림
배블링북스 옮김

산하

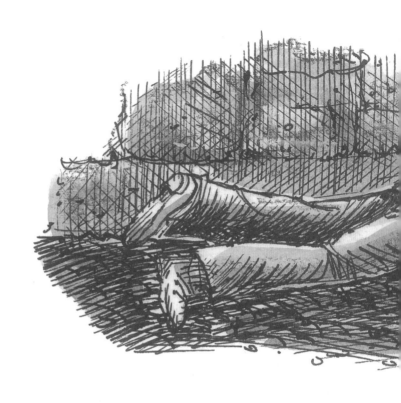

1939년 9월 1일. 독일군이 폴란드를 침공했다. 한 달 뒤에는 수도인 바르샤바까지 밀고 들어와서 터줏대감처럼 자리를 잡고 눌러앉았다.

전쟁은 이미 끝난 듯했다. 그러나 포연이 걷히고 나자. 독일군은 우리에게서 새로운 적들을 찾아냈다.

새로운 적들을 괴롭히고 모욕하는 것으로 다시 전쟁이 시작된 것이다.

독일군은 날마다 새로운 적들을

총으로 쏘고,

죽을 때까지 때리고,

마구 짓밟고,

사냥개를 풀어 물어뜯게 하고,

얼어 죽게 했다.

죽음을 구경하는 일은 일상이 되었다.

사람들이 숨을 죽이며 지켜볼 때, 독일군 장교와 병사들은 낄낄대며
웃음을 터뜨렸다.

그리고 벽보가 나붙었다.

모든 사람은 한 집단에 소속되었다.

모든 사람은 한 사람처럼 행동해야 했다.

열 살이 넘은 유대인은
모두 외투의 오른팔에
푸른 '다윗의 별'이 그려진 흰 완장을 두를 것.
이 명령에 따르지 않는 자는 징역형에 처함.

유대인이 경영하는 상점이나 회사에는 반드시 표지를 붙일 것.

유대인은 200즈워티 이상의 현금을 소지할 수 없음.

유대인이 아닌 자는 유대인과 상거래를 하지 말고
유대인의 상점에서 물건을 사지 말 것.

유대인은 자신의 재산을 모두 공개할 것.

유대인은 기차나 자동차를 이용할 수 없음.

그들은 재산과 집을 몰수했고, 여자들까지 부역에 동원했다.

나도 '다윗의 별'이 그려진 완장을 팔뚝에 차야 했다.
이제는 친구들과 어울려 돌아다닐 수 없었다.
이제는 친구들과 같은 벤치에 앉거나, 놀이터에서 함께 축구를 할
수도 없었다.

처음으로 내가 유대인이라는 사실을 뼈저리게 느꼈다.

얼마 지나지 않아 벽돌담이 세워졌다. 공사가 시작되기 전에 분명히 벽보가 붙고 안내 방송도 나왔을 것이다. 그런데도 마치 하룻밤 사이에 벽이 생겨난 것 같았다. 우리가 살던 동네는 완전히 격리되었다. 유대인이 아닌 사람들은 동네를 떠나야만 했다.

지도에만 존재하던 유대인 구역의 경계선에 군인들이 줄 지어 서 있더니. 곧 철조망이 군인들을 대신했다. 그러다 결국에는 철조망과 유리 조각들이 박힌. 3미터도 넘는 벽돌담이 하늘마저 둘로 가를 듯 솟아 올랐다. 유대인들은 담 밖으로 나갈 수 없었고. 유대인이 아닌 이들은 담 안으로 들어올 수 없었다. 바르샤바는 유대인들이 갇혀 사는 게토와 비유대인 구역. 이렇게 둘로 나뉜 것이다.

전염방지 격리구역

담 밖으로 나가는 문마다 요란한 표지판이 붙었다. 전염병에 걸릴 수 있어서 출입을 금지한다는 뜻이었다.

우리는 벽이 세워질 때만 해도 멀쩡했다. 그런데 벽이 완성되었다는 이유만으로 전염병 환자 취급을 받게 된 셈이었다.

"왜 이렇게 갇혀 살아야 해요?"

이 빌어먹을 완장을 찢어 버리고 검문소 밖으로 뛰쳐나가고 싶었다. 벽 저편의 세상에 있는 나의 친구들과 예전처럼 살 수 없는 이유를 소리쳐 묻고 싶었다.

아버지는 화를 내며 꾸짖었다. 내 뺨에 손이 올라왔다. 세게 맞은 건 아니었지만. 내겐 충격적인 일이었다. 그때까지 아버지에게 단 한 번도 맞아 본 적이 없었기 때문이다.

"아무리 부정해 본들 우리는 유대인이다. 이제 우리에겐 바로 이곳이 바르샤바야!"

어머니는 아무 말씀도 없었다. 어머니가 무슨 생각을 하고 있는지는 눈빛만 봐도 알 수 있었다. 어머니는 공원에 피어난 꽃들을 그리워하는 눈치였다. 어머니는 고개를 숙이고 발끝만 바라보았다.

게토는 점점 더 많은 유대인들로 붐볐다.

날이면 날마다 긴 행렬이 게토로 흘러들었다. 도시 근교의 마을까지
포함한 바르샤바의 모든 유대인들이 독일군의 명령에 따라 '재배치'
되었다. 유대인들은 모두 벽 안에 갇혔다.

나는 문 앞에 서서 새로 들어오는 유대인들을 바라보았다. 그들의 처량한 몰골을 바라보고 있으면 왠지 모르게 울화통이 치밀었다. 유대인들은 발을 질질 끌면서 옷가방을 들거나 온갖 살림살이를 가득 실은 손수레를 끌며 걸어왔다. 바람에 옷이 펄럭이면 허수아비처럼 보일 지경이었다.

유대인의 행렬은 끝이 보이지 않을 정도였다.

우는 아이들과 환자들. 그리고 노인도 많았다.

곳곳에서 유대인들이 밀려들고 있었다.

이들은 살 곳을 찾고 있었다.

방 한 칸. 지하실. 다락방도 아쉬운 듯했다.

심하게 축축한 곳만 아니라면. 폭격으로 무너진 집이라도 마다하지 않았다.

마치 하수가 흘러들듯 게토의 입속으로 쏟아져 들어오는 이주민들 때문에 숨이 막힐 지경이었다.

우리 아파트도 이들에게 점령당했다.

우리는 값나가는 물건들을 모두 부엌으로 옮겼다.

낯선 목소리와 처음 맡는 냄새가 다른 방들을 채웠다.

낯선 이들은 이렇게 우리의 삶에 끼어들면서,

우리를 자신들의 삶 속으로 거칠게 끌어당겼다.

어떤 여자는 우리 층의 복도에서 아기를 낳기도 했다.

다들 문을 열어 두고 살았다.

조금이라도 더 볕을 쬐고.

조금이라도 더 바깥 공기를 끌어들이기 위해서였다.

하지만 소음도 더 많아졌다⋯⋯.

우리는 아무 말도 하지 않았다.

서로의 생활을 훔쳐보면서도

상대의 불편함에 대해서는 신경을 쓰지 않았다.

우리는 절대로 다정한 이웃이 될 수 없었다.

게토에는 사람이 너무 많았다. 끼니를 때우지 못하는

사람도 너무 많았다. 식권이 있어도 별 소용이 없었다.

독일군은 정해진 식량 말고는 넣어 주지 않았다.

"저놈들은 우리를 굶겨 죽이려는 거야!"

이런 울부짖음이 거리에서 들려왔지만. 아직까지는 그 말을 믿으려

는 사람이 별로 없었다.

"독일군도 우리가 필요할 거야. 일꾼은 있어야 하잖아. 설마 그냥 굶

어 죽게 내버려 두진 않겠지."

하지만 게토 밖으로 일하러 나가는 이들도 음식을 더 받지는 못했다. 독일군은 우리를 부속품이라고 불렀다. 쓸모가 없어지면 다른 것으로 교체할 수 있다는 뜻이었다.

독일군은 자기네 말을 잘 듣는 유대인들로 구성된 경찰도 만들었다. 이들은 가슴에 유대인임을 표시하는 '다윗의 별'을 달고 팔뚝에 완장을 찼다. 유대인 경찰도 때로는 독일군 못지않게 잔인하게 굴었다. 힘없는 동포에게 욕설을 하거나 발로 차는 일도 서슴지 않았다. 그리고 조금이라도 분위기가 이상하다 싶으면 곧바로 독일군에게 이런 사실을 알렸다.

하지만 나는 그런 식으로 살지 않겠다고 결심했다. 우리는 음식 찌꺼기가 던져지기만 기다리는 헛간 속의 돼지가 아니니까. 우리는 꼬리를 흔들며 침을 질질 흘리는 개가 아니니까.

모두가 무엇이든 팔아 보려고 안달이었다. 비 온 뒤 버섯들이 자라나듯, 여기저기에 헌책을 파는 좌판들이 생겼다. 소중한 물건들이 빵 한 덩어리 값에 다른 이의 손에 넘어갔다.

그러면서도 다들 심드렁했다.

오직 먹는 것만이 중요했다.

어떻게든 먹을 것을 구해야 했다.

아버지는 의학 백과사전을 낱권으로 팔았다.

어떤 사람은 K부터 N까지의 병명이 담긴 사전을,

어떤 사람은 O부터 R까지의 병명이 담긴 사전을 사 갔다.

내 여동생 야니나는 인형을 팔았다.

그리고 돼지기름 한 덩어리를 받았다.

가난한 사람들은 금세 빈털터리가 되었다. 아이들은 푸줏간이나 빵집의 혼잡한 진열대 밑에서 구걸을 했고. 노인들은 채소가 쌓여 있는 수레 옆에서 죽어 갔다.

여우 목도리를 두른 부유한 여성들은 그런 광경을 외면하고 지나쳤다. 그들은 서둘러 찻집이나 식당으로 발걸음을 옮겼다. 그들은 끔찍한 모습을 지워 버리고 싶었을 것이다.

하지만 이런 것도 음식이 완전히 동나기 전의 상황이었을 뿐이다.

얼마 지나지 않아 돈으로 살 수 있는 음식은 모두 동이 났다.

도자기 접시에는 아무 음식도 놓이지 않았고,

은제 나이프도 점점 빛을 잃어 갔다.

배고픔 앞에서 비참한 것은 부자나 가난뱅이나 마찬가지였고,

남녀노소가 따로 없었다.

사람들은 하릴없이 거리로 나왔다.

그리고 죽어갔다······.

가족들이 죽은 식구를 끌고 나와 길가에 눕혀 놓으면.

화장터로 가는 수레가 시신을 실어 날랐다.

어디를 바라보아도 눈에 들어오는 건 절망에 찌든 얼굴뿐이었다. 하지만 나는 그들처럼 현실에 굴복할 수 없었다.

아버지의 환자들은 식탁 의자에 앉아서 진찰을 받았다. 환자들이 셔츠를 벗으려고 단추를 풀면, 매트리스에 누워 있던 어머니는 눈을 질끈 감았다. 아버지는 가슴에 청진기를 대고 심장 뛰는 소리를 듣는 척하셨지만, 사실은 병의 원인을 이미 알고 계셨다. 환자들의 증세는 늘 똑같았다. 영양실조 아니면 티푸스였다. 약이 동났지만, 환자들은 계속 밀려들었다.

"환자들을 그냥 돌려보낼 순 없잖니."

아버지는 한숨을 내쉬었다. 아버지가 환자에게 해 줄 수 있는 것도, 환자들이 아버지에게 줄 수 있는 것도 없었다.

나는 슬며시 밖으로 나갔다.

고약한 냄새들 때문에 숨이 막힐 것 같았다.

모처럼 포근한 어느 날, 담 위에 앉아 있는 앵무새를 보았다. 온통 회색뿐인 게토에서 앵무새의 깃털 빛깔은 눈부셨다. 그렇게 아름다운 새를 본 건 처음이었다. 녀석은 마치 다른 세상에서 온 것 같았다. 나는 홀린 듯이 앵무새를 올려다보았다. 게토의 소음과, 비유대인 구역에서 오가는 전차 소리와, 독일군과 유대인 경찰들의 고함 소리가 한순간에 사라졌다. 주위에 있던 모든 것이 사라진 듯했다.

앵무새도 나를 바라보았다.

'나는 이런 곳에 어울리지 않아. 그건 너도 마찬가지야.'

녀석은 그렇게 말하는 듯싶었다. 앵무새는 날개를 펼치더니 담 너머로 날아가 버렸다. 갑자기 소음이 되살아났다.

한 마리의 새도 저리 쉽게 벽을 넘어가는데, 나라고 못 한다는 법이 있을까?

환자들도 더는 음식을 가져오지 않았기에, 우리 가족도 식권을 구하기 위해 무슨 수든 다 짜내야 했다. 식권은 턱없이 부족했다.

야니나는 부엌에 놓인 의자에 축 늘어져 앉아 있었다. 뛰어놀 힘도 없는 모양이었다. 너무 허기져서 친구들과 만날 엄두도 못 내고 있는 듯했다. 예전과 달리 내 우스갯소리에 웃지도 않았다.
어머니는 하루에 십 년씩은 나이를 먹는 것 같았다.
어머니가 화색을 되찾아 눈을 반짝이는 모습을 보고 싶었다.

하지만 해 드릴 수 있는 건 아무것도 없었다.
손가락 사이로 빠져나가는 모래알처럼 무너져 내리는 어머니를 붙잡아 세울 사람은 아무도 없었다.

어떻게든 먹을 것을 마련해야 했다.

나는 게토 밖으로 나갈 결심을 했다. 담 너머로 날아갈 수는 없겠지만, 날갯짓하는 시늉이라도 해 볼 생각이었다.

며칠 동안 담벼락 앞을 오가며 검문소들을 관찰했다. 어딘가 빠져나 갈 틈은 없는지 찾아보고. 검문소들 사이의 거리를 재고. 담과 나란 히 서 있는 집들의 창문 위치도 머릿속에 넣었다.

오랜 시간이 걸리지는 않았다. 매일 아침 시체를 나르는 수레가 도시를 가로질러 지나갔다. 시체는 젊은 일꾼들이 쌓아 올렸다. 앙상한 팔과 다리. 퀭해서 눈만 커 보이는 얼굴. 갈비뼈들이 툭 불거진 시체들이 알몸으로 어지럽게 엉켜 있었다.

옷은 살아 있는 사람들이 입어야 했다.

사람들은 벌거벗은 시체와 그 이상한 냄새에 놀라울 만큼
빠르게 적응했다.

수레가 가득 차면 일꾼들은 바깥 세계에 있는 유대인 공동묘지로 향
했다. 하지만 그들은 빈 수레로 돌아오지 않았다. 방수포를 단단히
붙들고 있는 일꾼들의 눈에는 두려움이 서려 있었다.

나는 그들이 무엇을 숨기는지 알고 있었다. 유대인 공동묘지 옆에는
기독교인 묘지가 있다. 그들은 거기서 폴란드인들에게 음식을 받은
것이다.

내가 관찰하고 결심한 내용을 정리해 보았다.

- 공동묘지에서 폴란드인들에게 신임을 얻는다.

- 검문소에서 독일군과 유대인 경찰들을 속인다.

- 수레를 구하고, 함께 끌고 갈 사람을 찾는다.

- 적절한 시기를 정한다.

- 필요한 서류를 손에 넣는다.

가망 없는 계획에 불과할지 모르지만, 순순히 포기하기는 싫었다. 어머니와 야니나를 위해서라도 음식을 마련해야 했다.

그런데 며칠 뒤에 기회가 찾아왔다.

막상 바깥 세상으로 나가려니 겁이 났지만,
한편으로는 설렘도 있었다.
별의별 생각들이 머릿속을 휘젓고 지나갔
다. 아무리 악랄한 나치 독일군이라도 나를
막을 수는 없을 거라고 스스로를 격려했다.
나는 평소에 잘 알던 장소를 택했다. 갈아
입을 옷, 비상용 밧줄, 식량과 바꿀 어머니
의 반지를 배낭에 챙겨 넣었다.
손전등 말고는 부족한 게 없었다.

칠흑 같이 어두웠다. 나는 손으로 하수도의 벽을 더듬으며 앞으로 나아갔다. 발목까지 차는 물 때문에 첨벙대는 발소리와 쥐들이 찍찍 거리는 소리 말고 다른 소리는 들리지 않았다.

가끔 걸음을 멈추고 귀를 기울였다. 혹시 누군가 나를 따라오는 것 은 아닐까?

어둠 때문에 가슴이 더 터질 것만 같았다. 얼른 이곳을 지나 땅 위로 나가고 싶었다. 나는 발걸음을 재촉했다. 드디어 사다리의 녹슨 쇠 막대에 손이 닿았다. 조금 더 멀리 가는 게 안전했겠지만. 시궁창 냄 새와 짙은 어둠 때문에 숨이 턱턱 막혀 견딜 수가 없었다. 나는 사다 리를 오른 다음. 맨홀 뚜껑을 살그머니 들어 올렸다. 이곳이 어디인 지 확인하자 안도의 한숨이 나왔다. 여학교 운동장이었다.

나는 재빠르게 밖으로 나와서 운동장 주변에 서 있는 나무들 쪽으로 달려갔다. 그리고 옷을 갈아입었다.

모든 일이 생각보다 순조롭게 진행되었다. 몇 차례 더 모험을 하고 나서 더 안전한 입구와 출구를 찾아냈다. 비유대인 구역에서는 마음만 먹으면 얼마든지 음식을 구할 수 있었다. 처음에는 가게, 호텔 주방, 여학교, 가정집 같은 곳을 헤매고 다녔지만, 드디어 천국을 발견했다. 학교 친구네 빵집이었다.

그곳의 지하실 창문은 늘 열려 있었다. 나는 호주머니에 빵과 케이크를 잔뜩 쑤셔 넣었다. 종업원도 누군가 빵을 훔쳐갔음을 분명히 알아챘겠지만, 그와 맞닥뜨린 적은 한 번도 없었다.

아버지는 아무 말씀도 없었다. 케이크를 바라보는 어머니의 간절한 눈길이 걱정 어린 눈빛과 엇갈렸다. 야니나는 내가 날마다 길모퉁이 근처의 빵집에 다녀온다고 생각하는 모양이었다. 식구들의 눈이 반짝였고, 나는 우쭐해졌다.

길가에 주저앉은 사람을 볼 때마다 멱살을 움켜잡고 흔들며 소리치고 싶었다. '저 더러운 나치 놈들에게 지지 말아요!'라고.

하지만 마음속에서만 외쳤을 뿐이다. 나는 분노를 겉으로 드러내지 않고 숨겼다. 나는 못 본 체 지나쳤고, 빵을 더 많이 훔쳐왔다.

어느 날 밤. 바깥세상으로 나갔다가 돌아오는데, 맨홀 옆에서 야니나가 기다리고 있었다.

"길모퉁이에는 빵집이 없어."

나는 퉁명스럽게 말하고 집으로 향했다.

야니나는 아무 말도 없이 내 뒤를 따랐다.

다음 날 밤에도 나는 비유대인 구역으로 갔다.

나는 야니나의 그림자가 살그머니 뒤따라오는 낌새를 눈치챘다.

하수도로 내려간 다음에 뒤를 돌아보았더니, 다행히 그곳까지 따라오지는 않았다.

나는 더 조심스럽고 조용하게 움직였다.

하지만 야니나는 잠도 안 자는 모양이었다.

"어서 돌아가. 난 혼자 갈 거야!"

목소리를 낮춰 으름장을 놓아 봤지만, 소용없었다.

아무리 빨리 걸어도 뜀박질로 나를 쫓아왔다.

그렇게 밤마다 숨바꼭질이 벌어졌다.

58

독일군도 어떤 일이 벌어지는지 알고 있었다. 몰래 밖을 오가는 이들을 잡아내라는 명령이 떨어진 것 같았다. 보초를 서는 병사들의 수가 두 배 가까이 늘어나 있었다.

우리는 밖에서는 폴란드 경찰을, 안에서는 유대인 경찰을 조심해야 했다. 그리고 사방 곳곳에서 독일군이 감시의 눈길을 번뜩였다. 그들의 얼굴은 감정이라고는 없는 가면 같았고, 눈빛은 날카로웠으며, 행동은 신속했다.

몰래 밖을 오가던 이들이 총에 맞았다.

벽에 뚫린 구멍으로 기어나가던 아이들은 맞아 죽었다.

날마다 더 많은 시체들이 가로등 기둥에 매달렸다. 시체의 목에 걸린 경고판에는 독일어와 폴란드어로 다음과 같이 쓰여 있었다.

밀수범

하지만 넋 놓고 가만히 있을 수는 없었다.

거리를 적신 피가 채 마르기도 전인데, 산 자들은 밖을 들락거렸다.

나는 옆으로 누운 전차 뒤에 몸을 숨기고, 어떤 사내와 여자가 내가 드나들던 맨홀 속으로 재빨리 기어드는 모습을 바라보았다. 하나 둘 셋⋯⋯. 나는 마음속으로 천천히 숫자를 셌다. 백오십까지 센 다음에 그들을 따라갈 작정이었다. 그런데 서른여덟까지 헤아렸을 때 독일군 두 명이 그곳에 왔다. 그리고 마흔둘까지 세다가, 그때까지 본 것 중에서 가장 섬뜩한 무기를 보게 되었다.

온 세상을 집어삼킬 듯한 불길이 하수도 안을 파고들었다.

아무 소리도 들리지 않고. 아무것도 보이지 않았다.

하지만 하수도 안에서 어떤 일이 벌어졌을지는 뻔했다.

반대쪽 맨홀에 도착하려면 백오십까지는 세야 했으니까.

날마다 악몽에 시달렸다. 날름거리는 불길에 살갗이 녹아내리고 가
슴속까지 시커멓게 타 버린 내 모습에 가위눌리다가 깨어나기 일쑤
였다. 그 맨홀 뚜껑을 볼 때마다 손이 떨리고 입 안이 바싹 말랐다.

"요샌 왜 밖에 안 나가?"
야니나가 물었다.
나는 대답을 하려 했지만, 입 안에서만 말이 맴돌았다. 동생에게 겁쟁이 같은 모습을 보이기는 싫었다. 그런데 야니나가 불쑥 말했다.
"내가 갈게."
야니나는 감시자들의 눈길과 탐조등을 피해 담장 밖으로 나갔다.

야니나는 몸집이 작고 재빨랐다. 벽돌담 위에 앉아 있던 앵무새처럼 게토 밖으로 빠져나갔고, 한참 지나 다시 돌아왔다.
손에는 피클이 들려 있었다.

나는 어머니에게 아무 말도 할 수 없었다.

아버지와도 눈을 마주칠 수가 없었다.

죄책감은 갈수록 커져만 갔다.

나에겐 그토록 힘들었던 일을 야니나는 줄넘기라도 하듯 손쉽게 해
치웠다.

그날이 오기 전까지는‥‥‥‥.

그날도 나는 야니나를 기다리고 있었다.

가슴이 터질 것만 같은 불안 속에서······

벽에 기대고 앉아서 기다리고 또 기다렸다.

너무 긴장해서 구역질이 날 것만 같았다.

더는 견딜 수 없었다.

동이 트면서 회색빛이 하늘에 감돌고, 탐조등 빛이 사그라졌다. 하루의 시작을 알리는 소리들이 다시 들려왔다. 해가 높이 떠올랐고, 벽돌담 위에는 앵무새가 앉아 있었다.

"넌 이곳에 어울리지 않아."

나는 앵무새에게 속삭였다. 앵무새가 날아갔다. 그리고 다시는 돌아오지 않았다.

야니나처럼.

어머니에게는 야니나를 담장 너머의 비유대인 구역으로 탈출시켰다고 말하는 수밖에 없었다. 어머니가 안도의 한숨을 내쉬는 것을 보며, 납덩이처럼 무거운 죄책감이 내 어깨를 짓눌렀다. 나는 입을 열 수 없었다. 나도 야니나가 바깥세상으로 달아난 것이라고 믿고 싶었다. 저쪽 세상은 더 안전한 곳이니까.

나는 가족을 돌보려 했을 뿐이었다.
그런데 일이 뜻대로 돌아가지 않았다.
나는 오히려 일을 그르치고 말았다.

야니나를 찾으러 갈 엄두도 내지 못했다는 자책감에 가슴이 찢어질 것만 같았다.

굶주림 앞에서 우리 가족은 속수무책이었다.

무엇보다도 어머니의 상태는 나를 비참하게 했다.

이러다가 돌아가시는 게 아닐까? 내가 겁을 먹고 포기한 탓에?

아버지 덕분에 내 고민이 풀렸다.
유대인협의회가 아버지에게 병원에서 일해 달라고 요청했다. 그들
은 보수로 수프를 주겠다고 했다.

나는 내가 미워졌다.

가을이 오는가 싶더니 곧 겨울이 닥쳐왔다.

나는 날마다 벽돌담 앞으로 갔다.

봄이 지나고. 여름이 찾아왔다.

해가 바뀐 지 오래였지만. 새 달력을 구할 수 없었다.

그래도 다들 알고 있었다.

새 벽보가 나붙은 시기가 1942년 여름이라는 것을.

1

바르샤바에 거주하는 모든 유대인은 나이와 성별을 불문하고
동부로 재배치될 예정임.

2

아래의 집단은 재배치에서 제외함.

a. 독일인 공장에서 일하거나 독일 기관의 업무를 수행하는
   유대인
b. 유대인협의회에 소속된 유대인
c. 유대인 병원에 고용된 유대인

여기까지 읽고 나자 겨우 숨통이 트이는 것 같았다.

아버지는 바르샤바에 머물 수 있었다.

그 말은 어머니와 나도 바르샤바에서 살 수 있다는 뜻이었다.

나는 계속 벽보를 읽어 내려갔다.

3

모든 유대인에게 15킬로그램까지 짐을 허용함.

금, 보석, 현금 등의 귀중품을 소지할 수 있음. 각자 사흘분의 식량을

준비할 것.

4

재배치는 1942년 7월 22일 오전 11시부터 시작됨.

5

처벌 사항

a. 허가 없이 게토를 벗어나는 유대인은 즉시 총살형에 처함.

b. 재배치를 방해하는 행동을 취하는 유대인은 즉시 총살형에

　　처함.

c. ……하는 유대인은 즉시 총살형에 처함.

d. ……하는 유대인은 즉시 총살형에 처함.

e. ……하는 유대인은 즉시 총살형에 처함.

더는 읽을 필요도 없었다.

'재배치'라는 단어가 자꾸 눈에 아른거렸다. 그 말은 러시아 같은 곳의 시골에서도 살 수 있다는 뜻이었다. 탁 트인 들판과 맑은 공기가 머릿속에 절로 그려졌다. 게토는 너무 혼잡했다.

사람들이 짐을 꾸렸다. 드디어 게토에서 벗어나 푸른 하늘과 부드러운 언덕이 펼쳐진 시골 냄새를 맡으러 떠나게 된 것이다.

간단하게 꾸린 짐을 메고 게토를 나서는 행렬이 날마다 이어졌다. 기차는 게토 바로 바깥쪽에서 대기하고 있었다. 유대인들은 이렇게 동쪽으로 떠났고, 다시는 돌아오지 않았다.

동쪽 지방의 농촌 마을에서 살 수 있다는 말을 믿어도 괜찮을까?

그건 사실인 것 같았다. 어느 날. 삼촌이 엽서를 보내왔다. 엽서에는
이렇게 적혀 있었다.
"아우슈비츠에서 인사드립니다. 여기는 정말 멋진 곳입니다."

그곳에선 온 가족이 함께 지내는 것 같았다.
그곳에선 사방이 트인 너른 들판에서 일하는 모양이었다.

그곳 사람들은 무척 친절한 것 같았다.
그들도 우리가 오기를 기다리는 것 같았다.

유대교 안식일에는 쉴 수도 있을 것이다.

독일군 병사들이 들이닥쳤다.
그들은 문을 박차고 들어와 가구를 부수면서 증명서를 보이라고 고
함쳤다.

독일군 병사들이 유대인들을 집 밖으로 내몰았다.
아이들은 너무 빨리 걷는다며 머리채를 잡혔고,
노인들은 너무 느리게 걷는다며 두들겨 맞았다.

유대인을 실어 나르는 기차는 화물용 열차였다.
좌석도 없고,
창문도 없고,
공기도 잘 통하지 않을 것 같았다.

달아나려는 사람과
명령에 따르지 않는 사람과
대드는 사람은 모두 총에 맞았다.

독일군 병사들의 고함 소리와 총소리도 채 가시지 않았는데,
우리의 마지막 희망이 사라졌다.

누가 어떻게 알게 되었는지 모르겠지만,
재배치의 실상이 알려지기 시작한 것이다.

독일군이 우리를 데려가는 곳은 농촌 마을이 아니라
강제수용소라는 사실이······.

나는 두려움에 떨며 중얼거렸다.

"독일군은 우리 모두를 죽일 생각인 거야."

우리 모두를.

거주허가서를 가진 사람들도 더는 안전하지 못했다.

이젠 분노도 느껴지지 않았다. 두려움 때문이었다. 두려워서 죽을 것만 같았다. 나는 이제 집 밖에 나가지도 않았다. 부엌 의자에 앉아서 매트리스에 누워 있는 어머니의 비쩍 마른 몸을 멀뚱하게 쳐다볼 뿐이었다.

환하게 빛나던 어머니의 모습은 온데간데없었다. 나지막이 가르랑거리는 숨소리만이 어머니가 아직 살아 있음을 알리는 증거였다. 병원에서 돌아와도 아버지는 어머니 옆에 우두커니 앉아 있을 뿐이었다. 아버지가 어머니에게 해 줄 수 있는 일은 아무것도 없었다. 나도 아버지와 마찬가지였다.

이대로 가다가는 꼼짝없이 죽음을 맞을 수밖에 없었다.

굶주림을 견디지 못하고 나는 다시 집 밖으로 나섰다.

나는 주인 없는 집들을 뒤지고 다녔다. 황급히 떠나느라 챙기지 못

하고 남겨 둔 식량이 있을지도 모르니까.

감자 한 알이나 빵 한 조각, 아니 콩알 하나도 아쉬웠다.

자동차가 들어오는 소리가 들렸다. 나는 살그머니 창문 쪽으로 다가가서 밖을 내다보았다. 독일군 병사들이 트럭의 짐칸에 가득 타고 있었다. 건너편 골목에서 유모차를 끌고 오던 여자가 벽 쪽으로 몸을 피하는 모습도 보였다. 트럭은 천천히 앞으로 나아갔다. 그런데 길모퉁이를 도는가 싶던 트럭이 시동을 껐다. 그리고 여자에게 정지 명령을 내리는 소리가 들렸다. 독일군 병사 하나가 여자에게 손짓을 했다. 여자는 고개를 숙이고 다가가서 서류를 내밀었다. 하지만 병사는 서류를 들여다보지도 않았다. 병사는 서류를 땅바닥에 내던지고 그 위에 침을 뱉었다. 여자는 무릎을 꿇었지만, 감히 서류를 집어 들지도 못했다.

독일군 병사가 유모차를 걷어차서 쓰러뜨렸다.
담요에 싸인 아기가 땅바닥으로 떨어지면서 자지러지듯 울어 댔다.
여자가 아기를 향해 손을 뻗었지만, 병사는 군화발로 아기를 지긋이 밟아 눌렀다.
아기가 비명을 질렀고, 엄마는 울부짖었다.
병사가 아기를 들어 올리더니 벽을 향해 내동댕이쳤다.
나는 눈을 질끈 감았다.
하지만 귀까지 막을 수는 없었다.

총소리가 울리더니 여자의 비명이 멎었다.

다시 시동을 거는 소리가 들렸고, 트럭은 떠나갔다.

아, 이런!

이런, 이런, 이런, 이런, 이런······

나는 무너져 내리듯 털썩 주저앉았다. 얼마쯤 지났을까? 일 분? 한 시간? 일 년? 눈을 떠 보니 내 앞에 어떤 청년이 서 있었다. 나를 바라보고 있었다. 나는 흠칫 놀랐지만, 일어서지는 않았다.

"결국 우리를 다 죽이고 말 거야."

나는 힘없이 중얼거렸다.

"우리가 쥐 죽은 듯 가만히 있으면 그렇게 되겠지."

청년이 내 말을 받았다. 멀리서 들려오는 듯 아득한 목소리였다.

"맞서 싸워야 해. 저들은 우리가 저항할 거라곤 생각도 못 할 거야."

"독일군을 상대로? 어떻게? 그놈들에게 침이라도 뱉어 줄까?"

"우리도 무기가 있어. 하지만 사람이 부족해. 젊고 건강한 사람들 말이야."

그는 내 눈을 뚫어지게 쳐다보았다. 마치 내 마음속을 들여다보는 것 같았다.

천천히 분노가 끓어오르기 시작했다. 그렇다. 가만히 앉아서 죽음만 기다릴 수는 없다. 그렇다면 드디어 이런 생각을 실행에 옮길 때가 된 걸까?

그가 내게 손을 내밀었다.

"내 이름은 모르드카이 아니엘레비치야."

우리는 조심스럽게 앞을 살피면서 거리를 걸었다. 모르드카이가 자신들의 활동을 설명했다.

"대단한 건 아니지만. 우리는 두 해가 넘도록 적과 싸웠어. 사람들에게 음식과 피난처를 마련해 주고. 전화선을 열어서 비유대인 구역의 통화를 도청했지. 게토에 갇힌 사람들에게 현재 상황을 알리는 일도 했어. 하지만 이젠 보다 적극적으로 싸워야 할 때야."

나는 호주머니에 손을 깊숙이 찔러 넣고 그의 말에 귀를 기울였다.

"독일군에 맞서 싸우는 것 말고는 더 이상 희망이 없어. 그들이 이곳을 떠난 사람들에게 무슨 짓을 했는지 알아?"

모르드카이는 잠시 걸음을 멈추고 나를 바라보았다. 나는 아무 대답도 할 수 없었다.

"놈들은 유대인들을 죽이려고 강제수용소로 보낸 거야. 우리를 싹 쓸어버릴 생각이라고. 놈들은 수백 명씩 가스실에 몰아넣고 죽이고 있어. 죽음의 공장인 셈이지."

구름이 몰려들어 해를 가렸다. 어둠이 내리면서 온 세상이 얼음처럼 차가워지는 듯했다.

가스실? 죽음의 공장?

"가만히 서서 구경만 할 수는 없어."

모르드카이는 다시 걸음을 옮겼다.

모르드카이는 어느 건물의 지하실로 나를 데려갔다. 석유등 불빛에
열 명 남짓한 남녀의 모습이 드러났다.

한 남자가 권총 조립하는 법을 가르치고 있었다. 다른 남자 둘은 등
사기고 긴단을 찍어 내는 중이었다. 어떤 학생은 폭탄을 조립하고
있었다.

이곳에는 맥없이 독일군에게 끌려가기를 거부한 유대인들이 있었
다. 이곳에는 나처럼 분노를 느끼며 고민하던 젊은이들이 모여 있
었다.

그때. 문이 열리며 독일군 병사 한 명이 들어왔다.

나는 너무 놀라서 숨이 멎을 것만 같았다.

"프롬카는 아직 안 왔어?"

독일군 병사가 유창한 폴란드어로 물었다. 모르드카이가 고개를 저었다. 독일군 병사는 미심쩍은 눈빛으로 나를 바라보았다. 하지만 아무 말도 하지 않고 모자를 벗어 탁자에 내려놓았다. 모르드카이가 그를 내게 소개했다.

"이 친구는 야콥이야. 우리 정보원 중 한 사람이지."

야콥은 얼굴에 피곤한 기색이 가득하면서도 내게 미소를 지어 보였다. 그리고는 다시 초조한 표정으로 문을 바라보았다.

조금 뒤, 금발의 여자가 들어왔다. 그러자 안도의 숨소리가 퍼졌다. 그 여자는 아무 말도 하지 않고 치마를 걷어 올렸다. 천을 꼬아 만든 끈으로 단단히 동여맨 권총 세 자루가 다리에 매달려 있었다. 그 여자는 조심스럽게 끈을 풀고 탁자 위에 권총을 올려놓았다. 그런 다음 머리띠를 풀자 총알 다섯 개가 나왔다.

"사만 즈워티라면 기관총도 사올 수 있었을 텐데."

그 여자는 갈라진 목소리로 중얼거렸다.

나는 다시 태어난 듯한 기쁨을 맛보았다. 절망과 무기력에 빠져 지내던 날들이 가고, 희망의 시간이 시작되었다. 짜릿한 기운이 온몸으로 퍼져나가는 것 같았다. 나는 비밀 조직에 들어간 것이다.

운반책들이 비유대인 구역에서 음식과 무기를 가져왔다. 나는 총을 쏘는 법과 화염병 만드는 방법과 지뢰 식별법을 배웠다. 우리는 한낮에 군사 전술을 훈련했지만, 독일군들은 눈치를 채지 못했다. 야콥은 공장 건물에서 지붕과 벽을 타고 오르는 방법을 가르쳤다.

모르드카이는 우리를 지켜보면서 등을 두드리며 격려했다. 때로는 눈을 찡긋하면서 미소를 지어 보이기도 했다. 그는 우리 모두를 형제로 만들었다. 그의 눈빛이 타오르면, 이내 그 불길이 우리 모두에게 번지고 있음을 느낄 수 있었다.

운반책이 총에 맞거나 붙잡히기도 했다.

그런데 총에 맞는 것보다 체포당하는 것이 더 큰 일이었다.

운반책이 돌아오지 않으면, 우리는 며칠씩 모든 일정을 중단하고 기다리기만 했다.

고문을 당하고 있는 게 아닐까?

우리를 배신하지는 않을까?

이런 걱정과 두려움도 있었지만, 독일군에 대한 분노가 훨씬 더 컸다.

밀라 거리에 있는 비밀 사령부는 우리에게 집이나 마찬가지였다. 어느 날 야콥이 비장한 눈빛으로 돌아와 고개를 끄덕이기 전까지는 그랬다. 모르드카이는 결전의 순간이 다가왔음을 알아차렸다.

"독일군이 히틀러의 생일을 맞아 게토를 쓸어버릴 계획을 세웠답니다. 내일 들어올 모양이에요."
야콥이 힘없는 목소리로 말했다.
조용하던 사령부가 일순간에 얼어붙었다. 모두 서로의 얼굴만 바라보았다. 결전의 순간이 다가온 것이다.
모르드카이가 자리에서 일어나더니 나지막한 목소리로 외쳤다.

"우리가 동포들을 흔들어 깨웁시다!"

모르드카이의 연설이 내 가슴속에 담겨 있던 불씨를 휘저었다. 우리는 아무런 의지 없이 명령에 복종하는 양 떼가 아니라는 사실을 세상에 알릴 것이다. 우리는 늑대다! 내 안에서 불길이 활활 타올랐다. 나의 분노는 그 불길 위로 떨어지는 기름이나 마찬가지였다.

모르드카이의 목소리는 뜨거웠다.

"이것은 살기 위한 싸움이 아닙니다. 우리는 명예를 위해 싸울 것입니다. 죽음을 맞는 방법은 두 가지입니다. 하나는 싸우다가 가치 있게 죽는 것이고, 다른 하나는 총살 집행장이나 가스실에서 무기력하게 죽는 것입니다. 어느 쪽을 택하겠습니까?"

한동안 침묵이 흘렀다.

"무기를 들고 명예롭게 죽는 길을 택하겠습니다."
드디어 야콥이 입을 열었다.
"나도 함께 행동하겠습니다."
나도 모르게 입에서 이런 말이 튀어나왔다. 내 목소리도 모르드카이만큼이나 비장했다.

모두 전투 태세에 들어갔다.
정보원들은 이 소식을 알리러 비유대인 구역으로 나갔다.
오늘 밤, 모르드카이는 작전을 마지막으로 검토할 것이다.

그리고 내일 전투가 벌어질 것이다.

우리는 정말로 죽게 되는 걸까?

나는 우리 집을 향해 천천히 걸었다. 독일군과 유대인 경찰에게 의심 살 행동을 할 수는 없었다. 느릿느릿 걸었지만. 가슴이 쿵쾅대며 뛰었고 온갖 생각들이 머리를 어지럽혔다.

어머니는 잠들어 있었다. 아버지는 보이지 않았다. 예상했던 대로였다. 한 달 가까이 집을 비우다시피 했지만. 아버지와 어머니는 일체 모르는 척했다. 내가 어디로 가는지. 아궁이에 있는 권총은 어디서 난 것인지도 묻지 않았다.

우리 집은 예전의 모습을 되찾았다. 하지만 우리는 계속 부엌에서 살았다. 다른 사람들이 남기고 간 물건들을 보면 오싹한 기분이 들어서였다.

죽음의 공장······.

단 한 번이라도 누군가 돌아와서 이 물건들이 자기네 것이라고 주장한 적이 있었던가?

아버지가 돌아오셨다. 하지만 그때까지도 부모님께 드릴 말씀이 떠오르지 않았다. 아버지는 어머니를 깨웠다. 나는 두 분이 수프를 다 드실 때까지 기다렸다.

"아버지. 곧 봉기가 일어날 거예요."

아버지는 무표정한 얼굴로 나를 바라보았다.

나는 모르드카이를 만났던 일과 나의 각오에 대해 말씀드렸다.

게토를 공격하려는 독일군의 계획에 대해서도 알려드렸다.

하지만 봉기에 참여하면 살아남을 가능성이 거의 없다는 말은 꺼내지 않았다.

희박하긴 하지만. 전혀 가망이 없는 건 아니니까.

"장하구나."

아버지는 짧게 한 마디 했을 뿐이다. 하지만 어머니를 바라보는 눈길에는 걱정이 가득했다.

"은신처로 마련한 요새가 있어요. 잠시 거기에 가 계세요."

어머니는 가지 않겠다며 고집을 부렸다. 집을 떠나기 싫은 모양이었다. 나는 애타는 눈빛으로 아버지에게 도움을 청했다. 아버지는 보일 듯 말 듯 고개를 끄덕였다.

나는 부모님이 숨어 계실 곳을 다짐하듯 여러 번 알려 드렸다.

"곧 다시 만나게 될 거예요."

이렇게 말하고 나는 집 밖으로 나섰다.

작별의 인사를 아끼면 다시 만나게 되지 않을까.

우리는 게시아 거리의 어느 집 지붕 위에 엎드려 있었다. 프롬카는 게토로 들어오는 정문에 기관총을 겨냥하고 눈을 떼지 않았다. 기관총 옆에선 다른 동지가 탄띠 세 줄을 늘어놓고 대기 중이었다. 나는 허리띠에 권총을 차고 있었다. 지붕 가장자리에는 휘발유를 채워 넣은 유리병 일곱 개가 놓여 있었다.

맑은 하늘이 화창한 봄날을 예고하고 있었다. 벽돌담 건너편의 비유대인 구역은 부활절을 준비하고 있었다. 공원에는 꽃들이 화려한 빛깔로 활짝 피어 있을 것 같았다.

입 안이 바싹 말라서 침을 넘길 수도 없었고. 뱃속이 뒤틀리며 점점 조여드는 듯했다. 밤새도록 독일군의 포위 작전에 대한 정보가 들어왔다. 우리는 게토의 지도를 들여다보면서 그 정보들을 작전 계획과 맞춰 보았다.

나는 망원경을 들고 벽을 따라 시선을 돌리며 훑어보았다. 어디에도 앵무새는 보이지 않았다.

명령을 내리는 소리가 들리더니 정문이 열렸다. 독일군 병사들이 네 명씩 줄을 맞추어 게토로 행진해 들어왔다. 검은 장화들이 요란한 발소리를 냈고, 가슴에 단 배지들이 햇빛을 받으며 반짝였다. 장갑차 두 대가 후방을 이끌었다.

우리는 기다렸다.

조금만 더. 조금만 더.

긴장감이 너무 팽팽해져서 더는 견디기 어려울 지경이었다.

독일군 병사들이 다 들어오고 문이 닫혔다. 프롬카는 수를 세기 시작했다. 그리고 마침내 프롬카의 기관총이 불을 뿜었다. 맞은편 지붕에서도 총을 쏘았다. 독일군 병사들은 갈팡질팡하다가 땅바닥에 엎드렸다. 게토에 사는 사람들은 모두 총소리를 들었을 것이다.

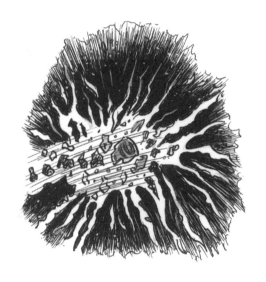

나는 화염병을 집어 들고 병목에 꽂힌 천 조각에 불을 붙였다. 나는 한쪽 무릎을 꿇은 채로 상체를 조금 들고 힘껏 화염병을 던졌다. 뒤로 물러서며 몸을 수그리는 것도 잊었다.
장갑차 한 대가 불길에 휩싸였다. 불에 휩싸인 군인들이 뒤로 물러나며 비명을 질렀다.
내 얼굴은 뜨겁게 달아올랐다. 불꽃의 열기 때문이 아니었다.

독일군 병사들이 허겁지겁 물러났다. 우리가 총알과 화염병을 다 쓰기도 전이었다. 독일군은 여덟 시와 열두 시에 다시 게토로 들어왔지만. 그때마다 후퇴해야 했다.

그날 밤, 지난 몇 년 사이 처음으로 게토 안에 단 한 명의 독일군도 없었다.

우리는 승리했다. 나는 아무 말도 할 수 없었다. 하지만 동지들의 얼굴에 드러난 승리감을 읽을 수 있었다. 우리는 싸웠고, 승리했다.

밀라 거리에 있던 사령부 옥상에는 두 개의 깃발이 나부꼈다.

우리는 폴란드 국기와 유대군사연합의 깃발을 내걸어 세상에 우리

의 승리를 알렸다.

다음 날 아침, 또다시 독일군이 밀어닥쳤다. 이번에는 요란한 대포
가 등장했다. 모르드카이는 쓴웃음을 지었다. 그들도 양이 늑대로
변했음을 알아챈 것이다.

그제야 독일군도 우리를 만만찮은 상대로 보기 시작한 모양이었다.
모르드카이의 명령에 따라, 우리는 몇 사람씩 또는 혼자서 게토의
곳곳으로 이동했다.

나는 이 집 저 집으로 옮겨 다녔다. 담장을 넘고, 지붕 위를 달렸다.
화염병을 던지고, 총을 쏘았다.

우리는 독일군을 완전히 쫓아낼 수 없었다. 우리는 게토를 우리 것
으로 찾아오지 못했다. 독일군에게 일말의 불안감을 심어 주었을 뿐
이다. 그러나 우리는 그들의 자만심에 상처를 냈다.

우리는 며칠 동안 싸웠다.

어떤 유대인도 이렇게 싸워 본 적이 없을 것이다.

모르드카이의 말이 옳았다.

우리는 이기기 위해서 싸운 것이 아니었다.

우리는 명예로운 죽음을 맞기 위해 싸웠다.

게토가 완전히 비어 있던 것은 아니었다.

독일군은 여기저기에 숨어 있던 이들을 찾아냈다. 그들은 잠들어 있
던 아이들과 엄마들까지 건물 밖으로 끌고 나갔다. 그리고 걷어차고
두들겨 패고 총으로 쏘았다.

나는 굴뚝 뒤에 숨어서 그런 광경을 지켜보았다.
총알집이 텅 빈 권총을 손에 움켜쥔 채로.

독일군은 점점 더 악랄해졌다.

그들은 우리를 모조리 잡아 없애야 할 벌레처럼 여겼고, 정말 그렇게 다루었다. 독일군은 횃불을 들고 거리를 돌아다니며 모든 것을 태웠다.

숨어 있던 곳이 불길에 휩싸이자 사람들은 달아나려 했지만, 독일군은 한 사람도 살려 두지 않았다.

어떤 여자는 5층에서 창문 밖으로 아기를 던졌다. 어떤 남자는 독일군의 총구를 피해 불타는 집으로 다시 뛰어 들어갔다. 타닥타닥 불길이 치솟는 소리와 사람들의 비명이 들려오지 않는 곳은 아무 데도 없었다. 연기 때문에 눈앞이 흐렸고 숨 쉬기도 힘들었다. 살이 타는 냄새에 구역질이 나왔다.

구하지도 못할 사람들만 속절없이 바라볼 수는 없었다. 저들과 싸워야 했다.

사나운 불길이 하늘에 닿을 듯 어둠 속으로 치솟았다.

세상 사람들도 우리가 죽어 가는 것을 알았겠지만,

그들은 아무 행동도 하지 않았다.

우리는 지하 벙커로 숨어들었다. 이쪽 지하실에서 저쪽 지하실로 옮겨 다녔고, 비좁은 환기구 속으로 기어 다녔다.

사령부는 몹시 붐볐다. 정신없이 많은 정보와 지시가 오갔고, 피난민들이 쏟아져 들어왔다. 지상은 너무 위험했고, 지하는 너무 비좁았다.

우리는 치열하게 싸웠지만, 은신처를 하나둘씩 내주고 말았다.

우리는 땅속 더 깊은 곳으로 계속 숨어들어야 했다.

모르드카이는 나를 연락 장교로 임명했다. 게토의 하수도들을 잘 알고 있기 때문이었다.

나는 다시 용기를 냈다. 다른 동지들도 내게 믿음의 눈길을 보냈다. 우리는 다시 뭉쳤고. 조직을 개편했다. 우리는 다시 하나가 되어 적을 공격할 수 있게 되었다. 나는 작은 전투원 집단을 이끌었다.

그러나 독일군도 하수도에서 어떤 일이 진행되는지 알고 있었다.

나는 찐득거리는 하수도 벽을 손으로 더듬으며 가까운 출구를 찾고 있었다. 한 사람이 내 어깨에 손을 얹고 뒤를 따랐다. 그 뒤로도 다섯 명이 앞사람의 어깨에 손을 얹은 채 따라오고 있었다. 다들 아무 말도 없었다. 갑자기 내 어깨를 잡고 있던 손이 미끄러지듯 내려가며 철벅거리던 발소리가 멈췄다.

"무슨 냄새가 나는 것 같지 않아?"

뒷사람의 목소리가 하수도의 벽을 타고 낮게 울렸다. 무슨 냄새인지 알 수가 없었다.

"석유 냄새 같은데?"

뒷사람이 속삭였다. 확신하는 목소리는 아니었다. 하지만 우리는 순식간에 몸이 굳었다.

하수도 저쪽 끝에서부터 불길이 일어나더니. 뜨거운 공기와 거센 바람 소리가 우리를 향해 달려들었다. 그 순간. 내 손에 사다리의 쇠막대가 잡혔다.

"빨리 나가자!"

우리는 허둥지둥 서로를 밀면서 땅 위로 올라갔다.

하지만 우리 모두가 불꽃을 피할 수는 없었다.

나는 사령부를 향해 정신없이 달렸다. 어서 빨리 모르드카이에게 독일군의 새로운 방식을 알려야 했다. 우리도 전술을 바꿔야 했다.

나는 막 길모퉁이를 돌다가 얼른 뒤로 물러섰다. 독일군이 사령부가 있는 건물을 포위하고 있었다. 나는 불에 타고 부서진 집들 사이에 엎드려서 지켜보았다.

독일군 장교가 명령을 내렸다. 독일군 병사들은 방독면을 쓰고 있었다.

얼마 지나지 않아 세 사람이 깍지 낀 양손을 목덜미에 올리고 비틀거리며 밖으로 나왔다. 세 발의 총소리가 들렸다. 곧 다른 사람이 쿨럭쿨럭 기침을 하며 끌려나왔다. 또 한 사람이, 다시 또 한사람이 나왔다. 이들이 나올 때마다 총소리가 울렸고, 그러면 기침 소리가 멎었다.

잠시 정적이 흘렀다.

독일군 병사들이 건물 안으로 들어갔다. 수색 작전이었다.

다시 독일군 병사들이 건물 밖으로 나왔을 때. 포로는 한 명도 없었다.
보이는 거라고는 죄다 시신들뿐이었다.
야콥이 보였다.
우리 조직의 사령관 중 한 사람인 루텍과 그의 어머니가 보였다.
모르드카이의 여자친구인 미라도……

나는 그들을 모두 알아보았다.
그들은 독일군 장교의 발치에 나뒹굴고 있었다.

그리고 모르드카이의 모습이 보였다.
독일군 병사들이 모르드카이를 질질 끌고 나와 길바닥으로 팽개치자. 그의 머리가 돌에 부딪치면서 둔탁한 소리를 냈다.

나는 불에 그슬린 담장 사이로 기어서 건물 뒤편으로 돌아갔다.
가스와 방독면을 쓴 독일군을 피해야 했다.

죽었다.

모두 죽었다.

우리는 패배했다.

하지만 모르드카이는 자신의 말이 옳았음을 증명했다.
모르카데이는 죽었지만. 나는 부릅뜬 그의 눈에서 희망의 불씨를 보
았다고 생각했다.

명예롭게 죽은 사람의 모습이란 그런 것일까?

봉기가 시작되면서 자랑스럽게 걸었던 두 개의 깃발은 사라졌다.

나는 건물 뒤편의 담벼락에 등을 대고 스르르 주저앉았다. 이젠 총
에 맞아 죽거나, 강제수용소로 가는 기차에 실린다 해도 상관없
었다.

그렇게 치열하게 싸웠는데······.

누군가 내 어깨를 가만히 흔들었다. 나는 고개를 들면서 가늘게 눈을 떴다. 내 눈에 들어온 것은 군화와 군복이 아니라. 치마와 금발의 곱슬머리였다.

"미샤?"

프롬카가 조심스럽게 물었다. 내가 살아있음을 확인하자 프롬카는 나를 거칠게 끌어안았다.

"날 내버려 둬."

나는 힘없이 중얼거렸다. 나는 이 자리에서 그대로 죽고 싶었다.

"이곳을 빠져나가야 해."

"죽었어. 다 죽었어. 모르드카이. 루텍. 야콥······. 두 눈으로 똑똑히 보았어."

"나도 알아. 하지만 가야 해."

프롬카가 나를 어르듯 부드럽게 말했다.

"다 끝났어. 우리는 진 거야."

나는 이렇게 대꾸했지만. 내게 내미는 프롬카의 손을 뿌리치지는 않았다.

프롬카는 잠시 주위를 둘러보더니 나지막한 목소리로 말했다.

"우리는 게토 밖으로 나가서 동지들의 죽음을 알려야 해. 용감하게 싸우다 죽었다고 말해야 해. 동지들은 무의미하게 죽은 게 아니야."

"하지만 어떻게……."

나는 목이 메어 다음 말을 잇지 못했다.

건물들은 포탄에 무너지거나 불에 그슬린 모습이었고, 여기저기에 죽은 사람들이 널부러져 있었다.

프롬카가 맨홀 뚜껑을 들어 올리며 나를 바라보았다.

"준비됐지?"

나는 알 수 없었다. 이들을. 이 모든 것을 남겨 두고 떠날 수 있을까? 내가 도울 수 있는 사람은 더 이상 없는 것일까? 정말로 다 끝난 것일까?

나는 세상을 가르고 있는 벽돌담을 바라보았다. 앵무새를 처음 보았던 담 앞에 서 있었지만, 앵무새가 어떤 빛깔이었는지는 잘 떠오르지 않았다.

프롬카의 말이 옳았다. 우리에게는 아직 할 일이 있었다.

프롬카와 나는 게토 밖으로 빠져나왔다.

우리가 역사를 공부하는 이유

1939년 9월 1일 새벽, 독일군이 폴란드를 침략했다. 제2차 세계 대전이 시작된 것이다. 불과 한 달도 안 되어 독일군은 폴란드의 수도인 바르샤바를 점령했다. 독일군은 유대인강제거주구역인 게토 (Ghetto) 건설 계획을 세우고, 1940년 11월부터 바르샤바에 거주하는 모든 유대인들이 게토로 이주할 것을 명했다.

제2차 세계대전 중 독일군이 점령지에 세운 게토는 400개가 넘는다. 그 가운데 가장 큰 것이 바르샤바 게토였다. 높이 3미터의 벽돌담이 18킬로미터에 걸쳐 게토를 둘러쌌으며, 담 위에는 철조망을 쳤다. 이 안에 약 40만 명의 유대인이 갇혔으며, 매달 5,000~6,000명이 기아와 질병과 총격으로 죽어 나갔다. 1942년

7월부터 9월까지 독일군은 30만 명가량의 유대인들을 강제수용소로 이송했으며. 이들 대부분은 가스실에서 목숨을 잃었다.

1943년 4월 19일. 마지막 유대인들을 강제수용소로 이송하기 위해 독일군이 게토로 들어왔을 때 유대인들이 무장 봉기를 일으켰다. 총과 수류탄도 변변치 않았고 만들 수 있는 것은 화염병이 고작이었지만. 이들은 목숨을 걸고 싸웠다. 살기 위해서가 아니라. 인간의 존엄을 지키며 죽기 위해 싸웠다. 독일군은 중화기를 비롯하여 독가스까지 동원하여 공격했다. 그리고 1943년 5월 16일, 독일군은 봉기를 완전히 진압했다고 발표했다.

《게토의 색》은 이 사건을 배경으로 삼은 소설이다. 주인공은 허구의 인물이지만. 유대인 저항군 지도자인 모르드카이 아니엘레비치는 실제 인물이다. 당시 모르드카이의 나이는 스물셋이었다.

독일 · 일본 · 이탈리아 등 파시즘 세력과 영국 · 프랑스 · 중국 · 소련 · 미국 등 연합국이 싸운 제2차 세계대전의 피해는 엄청났다. 약 5,500만 명이 목숨을 잃었는데 그 중 민간인이 약 3,000만 명이었다. 독일군은 자신들의 점령 지역에서 약 600만 명의 유대인을 학살했는데. 이를 가리켜 홀로코스트(Holocaust)라고 부른다. 당시 독일은 곳곳에 강제수용소를 세우고 처음엔 이념과 사상이 다른 사람들을 체포하여 죽였다. 그런 다음엔 '인종 청소'를 구실로 유대인을 비롯하여 집시. 장애인. 동성애자 등 자신들의 잣대에 맞지 않는

수많은 사람들의 목숨을 빼앗았다. 그야말로 인류 역사상 최대의 범
죄를 저지른 것이다.

  1970년 12월 7일. 폴란드를 방문 중이던 독일(당시는 서독) 총리
빌리 브란트는 바르샤바 게토 기념비 앞 차가운 바닥에 무릎을 꿇었
다. 아무도 예상하지 못한 행동이었다. 이에 대해 나중에 빌리 브란
트는 "인간이 차마 말로 표현할 수 없을 때 취할 수 있는 행동이었을
뿐"이라고 대답했다. 빌리 브란트의 진심 어린 사죄와 반성은 전 세
계 사람들의 마음을 녹이는 계기가 되었다. 어느 신문에는 다음과
같은 제목의 기사가 실렸다. "무릎을 꿇은 것은 한 사람이었지만. 일
어선 것은 독일 전체였다."
  제2차 세계대전이 끝난 뒤. 유대인들은 미국과 영국 등 서구 강대
국들의 지원을 받아 이스라엘을 세웠다. 로마 제국의 핍박으로 이
땅을 떠난 지 약 2천 년 만에 돌아온 것이다. 그러나 이스라엘 건국
은 유대인들에게 옛 고향을 되찾는 의미였지만. 그동안 대대로 이곳
에서 살았던 많은 팔레스타인 사람들은 하루아침에 삶의 터전을 잃
었다.
  지금 팔레스타인 사람들은 이스라엘 정착촌이 들어선 서안 지역
과 비좁은 가자 지구에 갇혀 살면서 기본적인 생존권마저 위협받고
있다. 특히 180만여 명의 팔레스타인 사람들이 살고 있는 가자 지구

는 고압 전기가 흐르는 8미터 높이의 장벽으로 가로막혀 있어 "천장 없는 감옥"으로 불리고 있다. 봉쇄. 실업. 빈곤. 폭격. 공포와 분노가 이들의 일상이다.

악명 높던 강제수용소 아우슈비츠에서 가까스로 목숨을 건진 유대인 작가 프리모 레비는 다음과 같은 말을 남겼다. "파시즘은 죽은 것이 아니다. 단지 가면을 쓰고 모습을 숨기고 있었을 뿐이다. 파시즘은 새 옷을 입고 다시 나타나기 위해 변신을 꾀하고 있다." 그의 비판은 참혹한 피해자의 입장에서 어느새 가해자가 된 이스라엘이나. 과거를 부정하며 재군사화를 서두르고 있는 일본 등 모든 국가에 해당된다.

역사에서 올바른 교훈을 얻지 못하면. 언제든 비극은 되풀이될 수 있다. 인종·민족·종교·사상 등 어떤 구실로든 인간이 인간에게 행하는 모든 범죄는 중단되어야 한다.

산하세계문학

게토의 색

제1판 제1쇄 발행일 2014년 12월 15일
제1판 제6쇄 발행일 2022년 6월 5일

글쓴이 · 알리네 삭스 | 그린이 · 카릴 스첼레츠키 | 옮긴이 · 배블링북스

펴낸이 · 곽혜영
주   간 · 오석균
편   집 · 최혜기
디자인 · 소미화
마케팅 · 권상국
관   리 · 김경숙
펴낸곳 · 도서출판 산하 | 등록번호 · 제300-1988-22호
주소 · 03385 서울특별시 은평구 연서로26길. 27. 대한민국
전화 · (02)730-2680(대표) | 팩스 · (02)730-2687
홈페이지 · www. sanha. co. kr | 전자우편 · sanha0501 @ naver. com

De kleuren van het getto
written by Aline Sax and illustrated by Caryl Strzelecki

Uitgeverij De Eenhoorn
Copyright ⓒ 2011 by Uitgeverij De Eenhoorn, Vlasstraat 17, B-8710 Wielsbeke (Belgium)
Translated from Dutch.
All rights reserved.
Korean Translation Copyright ⓒ 2014 by Sanha Publishing Co.
The Korean transltrion rights arranged with Uitgeverij De Eenhoorn through Orange Agency.

ISBN 978-89-7650-442-5 44850
ISBN 978-89-7650-400-5 (세트)

* 이 도서의 국립중앙도서관 출판시도서목록(CIP)은 e-CIP 홈페이지(http: // www. nl. go. kr / ecip)와
  국가자료공동목록시스템(http: // www. nl. go. kr / kolisvet)에서 이용하실 수 있습니다.
  (CIP제어번호:CIP2014033681)
* 이 책의 내용은 역자와 출판사의 동의 없이 사용할 수 없습니다.